D1205661

LES ÉDITIONS Z'AILÉES
22, rue Ste-Anne
C.P. 6033
Ville-Marie (Québec)
J9V 2E9
Téléphone : 819-622-1313
Télécopieur : 819-622-1333
www.zailees.com

DISTRIBUTION
MESSAGERIES DE PRESSE BENJAMIN INC.
101, Henry-Bessemer
Bois-des-Filion (Québec)
J6Z 4S9
Téléphone : 1-800-361-7379

Illustrations : Jessie Chrétien
Maquette de la couverture et infographie : Le Reflet I.D. Grafik
Texte : Pierre Labrie
Photo de l'auteur : Marie-Claude Carpentier, 2010

Impression : Mars 2010

Dépôt légal : 2010
Bibliothèque nationale du Québec
Bibliothèque nationale du Canada

ISBN : 978-2-923574-78-3

Imprimé sur papier recyclé. ♻

Les Éditions Z'ailées remercient la SODEC
pour l'aide accordée à leur programme
de publication.

SODEC
Québec ✚✚

Pierre Labrie

La princesse des mites
Tome 1

ÉDITIONS
AILÉES

À Bernard V.

1

Tragédie au théâtre

Clo sort des décombres, inquiète et intriguée à la fois par ce qui vient de se passer. Les marionnettes géantes, les costumes sur la patère, les décors, tout est tombé. Certains objets et certaines structures ont disparu. Il y a beaucoup de poussière au sol. Une fine poussière suffocante qui se soulève lorsque tout le monde se relève. Tout le monde tousse à s'en arracher les poumons. La répétition se terminait lorsque le désastre s'est produit. Personne n'est blessé, mais tout le monde crie. Tout le monde crie très fort. C'est la panique.

Miraculeusement, Clo n'est pas au cœur de l'écroulement. Elle est bien la seule à ne pas avoir reçu un morceau du décor en mousse sur la tête. Elle est contente de s'en être sauvée. De plus, elle ne suffoque pas trop, comme si ses poumons avaient été épargnés. C'est sûrement pour ces raisons qu'elle est surtout intriguée et non paniquée comme les autres comédiens de la pièce le sont.

Chaque mardi après l'école, sa troupe répète dans l'auditorium la pièce qui sera présentée au spectacle de fin d'année. Clo est habituellement assidue et ponctuelle aux répétitions. Elle adore incarner un personnage. Ne plus être Clo, le temps du jeu. Pour elle, le théâtre n'est qu'un divertissement où elle a la chance de vivre des choses impossibles dans la réalité. Et parlant de réalité, justement... Elle ne va pas bien présentement la réalité. Bien que les cris diminuent, la tension est très forte dans le petit théâtre.

– Tout le monde va bien, personne n'est blessé? demande le professeur de théâtre. Et toi, Cloé, tu n'as rien?

– Non, monsieur Bernard, ça va...

Le professeur semble étonné que ni lui ni Clo n'aient reçu le décor sur la tête. Les autres comédiens et les techniciens tentent de se remettre tant bien que mal de leurs émotions. Sans même réfléchir à ce qui vient de se produire, les élèves étourdis s'affairent à ramasser ce qui reste par terre avec l'aide de monsieur Bernard. C'est alors qu'ils prennent peu à peu conscience de l'incident, sans toutefois vraiment comprendre.

– Monsieur Bernard, où sont passées la patère et la structure de bois qui tenaient le décor? demande un des comédiens.

– Euuuh, je ne sais pas, Rémi! Ramassez tout et mettez ça côté jardin!

– Quelqu'un a vu le chapeau qu'il y avait sur la patère? demande quelqu'un d'autre.

– Je ne sais pas, Myriame-Jade, je ne sais pas… répond le professeur, confus.

Monsieur Bernard ne semble pas avoir de réponses à donner. Silencieux, il ramasse les objets comme s'il ne s'était rien passé. Clo aide, elle aussi, mais le regard de ses camarades sur elle s'intensifie. Ils la fixent avec des yeux à la fois terrifiés et songeurs.

Pourquoi n'a-t-elle rien reçu sur la tête? Elle était pourtant au centre de la scène. Au centre, mais pas au cœur. Les élèves semblent trouver pas mal louche le fait qu'elle ait été épargnée!

Monsieur Bernard non plus n'a rien eu. Par contre, comme un

professeur c'est toujours louche à la base, ils ne s'en occupent pas trop. Mais le cas de Clo semble leur paraître plus étrange, déjà qu'elle n'est pas la favorite de la troupe. Ce n'est pas à elle qu'on remettrait le titre de Miss Personnalité. Elle est trop discrète, installée dans son monde et assurément gênée, en général. Le titre de Miss Lune-Rejet serait plus approprié dans son cas. Du moins, c'est ce que les autres élèves de l'école pensent d'elle. Cloé Mistral, le souffre-douleur par excellence.

Quand ses parents ont emménagé dans leur nouvelle maison à Mont-Joli, ils ont décidé d'inscrire Clo à des activités parascolaires afin qu'elle puisse se faire de nouveaux amis. Entre le club de science, le cours de solfège et le cours de création théâtrale, le choix n'a pas été difficile pour elle, même si elle appréhendait de se retrouver en groupe.

Il faut dire que Clo n'était pas très populaire non plus à son ancienne école lorsqu'elle habitait Rimouski. Surtout qu'une fille en cinquième année du primaire qui a comme meilleure amie sa grand-mère, ce n'est pas très *cool* à l'école.

C'est d'ailleurs encore le cas dans son nouveau milieu scolaire, même si cela n'avait jamais été aussi pire avant aujourd'hui.

Elle était triste depuis le matin, car les autres comédiens riaient d'elle. Comme Renard et elle habitent juste à la limite pour avoir le droit de prendre l'autobus, parfois ils le prennent, mais la plupart du temps ils marchent. Ce matin, ils n'ont pas marché, mais peut-être auraient-ils dû.

À la sortie de l'autobus, Renard, dans la lune, s'est arrêté à l'avant-dernière marche pour finir de lire les derniers mots du chapitre de son livre sur les anciennes civilisations; il était entièrement captivé. Clo, qui le talonnait de près, était elle aussi dans la lune, car elle répétait son texte de théâtre dans sa tête. Elle accrocha Renard, ce qui réveilla ce dernier. Mais il ne se souvenait plus qu'il restait encore une marche avant le sol. Son enjambé, plus longue que prévue, lui fit faire toute une cascade. Clo, qui suivait aveuglément, en subit les conséquences. Fin de la scène : Renard étendu de tout son long comme une fourrure devant un foyer de chalet et Clo assise dessus se dépêchant de ramasser leurs choses. Bien sûr, il fallait que les élèves de l'autobus d'à côté aient tous eu le temps de débarquer et de voir en groupe la cascade. Quelques-uns se mirent à se moquer de Clo.

– Mistral, notre pièce de théâtre, ce n'est pas un film d'action… On n'a pas besoin de cascadeuse avec nous… Hahahahahaha…

– C'est vrai ça… C'est sûrement parce que tu t'exerces à cascader que tu n'arrives pas à mémoriser ton texte comme il faut…

– Ni à jouer ton rôle avec de la classe, comme le texte le demande…

– Retourne chez vous, Cloé Lagaffe, on n'a pas besoin de toi dans notre troupe.

– Oui, c'est vrai ça. Si le prof avait pris Cassandre-Élina, elle, au moins, elle aurait été une bonne comédienne.

– Pis on aurait été entre bonnes amies au moins… pas de rejet!

– Ben là, il n'y a pas juste des filles dans la troupe…

– Salut les gars, comment ça va?

– Ça va, les filles. Et vous autres?

– On observe Clo la catastrophe ambulante. Venez, on va vous raconter ça plus loin…

Renard et Clo avaient fait semblant de ne rien entendre. Clo rageait à l'intérieur d'elle, et Renard, lui, tentait plutôt de se souvenir des derniers mots de son livre. Après avoir ramassé tous leurs objets personnels éparpillés à côté de l'autobus, ils étaient entrés rapidement à l'intérieur de l'école, en cachette, pour ne pas rester dehors avec les autres.

Toute la journée – en classe l'avant-midi, à la café le midi et en classe l'après-midi –, les autres membres de la troupe de théâtre avaient fait de mauvaises blagues sur le jeu théâtral de Clo. Ils l'avaient imitée, à tour de rôle, jouant son personnage tout croche, comme si elle était la pire des comédiennes. Même si monsieur Jacques et madame Chantale étaient intervenus pour calmer les ardeurs de ses collègues de théâtre, ces derniers lui avaient fait passer une journée plutôt désagréable.

Ensuite, elle s'était rendue à la répétition à reculons. Monsieur Bernard l'avait croisée à la sortie de l'école. Le professeur lui avait demandé si elle avait oublié la répétition de la pièce après les classes. Elle, ce qu'elle voulait, c'était fuir avec Renard dans un repaire où il n'y aurait personne pour rire d'eux.

Finalement, il y avait eu la tragédie au théâtre et ensuite, le retour à la maison.

En sortant de l'école, Clo aperçoit Renard au loin. Elle court pour le rattraper.

– Renard, Renard! crie-t-elle en arrivant tout près derrière lui.

– Clo! crie à son tour son ami en se retournant avec le sourire.

– Qu'est-ce que tu fais encore dans le coin?

– J'avais une rencontre du club de science que j'avais complètement oubliée. Lorsque monsieur Bernard t'a rappelé que tu avais ta répétition quand on est sortis de l'école, je m'en suis souvenu. Là, je m'en vais voir si mon livre est arrivé.

– Ah… OK…

– Ça va? Tu as un air étrange.

– Je me sens bizarre. Il est arrivé quelque chose de bizarre. En tout cas, je pense bien que c'est bizarre…

– Mais quoi?

– Je ne sais pas trop…

– Tu ne veux pas me conter ce qui est arrivé?

Clo raconte rapidement ce qu'elle a vu de ce qui s'est passé sur la scène : les décors qui se sont effondrés et les objets qui ont disparu. Elle est sous le choc. Elle tremble comme lors d'une journée de froid transperçant d'hiver. Renard la bombarde de questions, mais Clo ne sait pas quoi répondre, vraiment pas. Tout cela est tellement peu ordinaire et étrange.

Elle finit par dire à Renard qu'ils en reparleront quand elle aura repris ses esprits.

– Finalement, je vais rentrer à la maison tout de suite…

– Tu ne viens pas avec moi chercher mon livre à la librairie?

– Non. On se voit demain!

Plusieurs minutes plus tard, en arrivant chez elle, Clo rapporte à ses parents ce qui s'est passé à la répétition, mais garde le silence sur le reste de sa journée. Ses parents sont contents de savoir qu'elle ne s'est pas blessée. Son père ajoute à la blague, pour détendre l'atmosphère, qu'il n'aurait jamais pensé que le théâtre pouvait être un sport extrême. Il s'est trouvé pas mal drôle. Il est comme ça, son père.

2

Renard

Une semaine s'est passée depuis l'incident insolite. Les comédiens, avec l'aide de la professeure d'arts plastiques, madame Martine, finissent de reconstruire le décor sur l'heure du midi. Clo ramasse les retailles, seule dans son coin.

– Ça va, Cloé? demande madame Martine. Tu es si silencieuse.

– Je suis comme d'habitude.

– Je sais, dit madame Martine en

souriant. Mais tu es même silencieuse dans tes yeux…

– Qu'est-ce que vous voulez dire?

– Que tu ne sembles pas sur la même planète que nous.

– Je suis souvent dans la lune et vous le savez.

– Mais tu sembles beaucoup plus loin que la lune aujourd'hui, Cloé.

– Je repense au moment où le décor est tombé…

– N'y pense plus, c'est du passé. Maintenant, on reconstruit, ajoute madame Martine.

– Les décors n'étaient pas très solides! C'était des structures

attachées avec des bouts de fi-
celle… lance un élève.

– Les nœuds étaient solides
pourtant, réplique un autre.

– On aurait dû faire des panneaux
en bois et non des charpentes avec
des toiles et des tissus agrafés dessus,
exprime un des techniciens.

– Ben oui, là! C'est juste des
petites structures et du styromousse
qui nous sont tombés sur la tête,
ajoute une élève. Si on avait utilisé
des panneaux en bois, il y aurait eu
des blessés.

– Les panneaux de bois, eux, ne
seraient pas tombés, assure un autre.

– Tu en es certain? questionne
une des comédiennes.

– Bon, OK. Arrêtez de stipuler sur ce qui aurait pu arriver si… Le décor est tombé et on va le rebâtir plus solide, mais pas avec des panneaux de bois. OK, les amis? tranche madame Martine sur un ton autoritaire.

Les élèves continuent leurs commentaires à voix basse. Clo sent les regards des autres pointer sur elle, mais elle ne se retourne pas. Avec madame Martine, elle continue de ramasser en silence et fait semblant de ne pas entendre ce que les autres disent tout bas. Sûrement parce que madame Martine en a marre des chuchotements et de l'ambiance, elle se tourne vers Clo.

– Cloé, on en reparlera plus tard, si tu veux…

– OK…

– Allez, allez groupe, si on veut recommencer à répéter cette pièce! dit madame Martine en s'adressant aux autres.

Ils terminent de ramasser. Clo commence à avoir faim et elle quitte la troupe pour se diriger vers la cafétéria. Elle passe à son casier. Sur celui-ci, une feuille a été collée sur laquelle il est écrit *Personne t'aime*. Les jeunes sont méchants gratuitement, c'est ce qu'elle se dit en refermant la porte du casier. Elle décide de laisser la feuille là. De toute façon, si elle l'enlève, quelqu'un en remettra sûrement une autre avec, peut-être, un message encore plus terrible.

Clo a l'impression qu'on parle

dans son dos, que les conversations se taisent lorsqu'elle s'approche des autres jeunes de l'école. Elle se cherche une place dans la cafétéria en faisant attention de ne pas renverser son cabaret ou de se le faire renverser par un plus lunatique qu'elle. Le fait de penser que quelqu'un puisse être plus dans la lune qu'elle la fait sourire. Comme elle change de rangée, Renard arrive très vite en jonglant avec son cabaret et ses livres. Rien ne tombe et cette prouesse est presque surnaturelle.

– Clo! Attends-moi!

– Salut Renard! Dis-moi, j'ai l'impression d'être une extraterrestre aujourd'hui…

– Ouin, je voulais t'en parler. Il y

a une rumeur à ton sujet…

– Tu sais, Renard, ce ne serait pas la première fois. Il y avait plein de rumeurs sur moi à mon ancienne école.

– Certains ici disent que c'est toi qui as fait tomber le décor. Avec tes trucs de sorcière…

– Hahaha… Tu me niaises? Tiens, est-ce qu'on s'assoit ici?

– OK, ça me va. Tu sais, c'est ce qu'on entend comme niaiseries sur toi dans l'école, depuis la sortie des autobus.

– Et depuis quand je ferais de la sorcellerie?

– La mère de Jonathan lui a dit que vous avez quitté Rimouski à cause d'une chose bizarre qui est arrivée…

– Ça veut dire quoi tout ça?

– Je ne sais pas, mais je viens de retirer une feuille sur ta case avec un petit mot qui disait…

– Je sais, je sais.

– Tu connais quelqu'un qui s'appelle « Personne »?

– Pourquoi tu demandes ça?

– À cause de la faute sur la feuille. C'est comme si ça disait que, mettons, un gars qui s'appelle « Personne » t'aimait… Hahahaha!

– C'est beau, j'avais compris. Celui ou celle qui a fait ça a oublié le « ne ».

Parfois, Renard lui fait penser à son père avec ses blagues placées « pas au bon moment ». En effet, même la mère de Clo semble désespérée quand son père glisse des blagues à l'intérieur de discussions où l'ambiance ne s'y prête pas.

Toutefois, Clo croit fermement que ni Renard ni son père ne le font pour être méchants. Mais quand ce n'est pas le temps de plaisanter, ça peut graffigner un peu. Renard est parfois maladroit avec ses blagues, mais il a un grand cœur et beaucoup de qualités, tout comme son père à elle.

Les deux amis continuent à manger, Clo dans la lune et Renard la face dans ses livres ouverts en éventail sur la table.

– Tu as vu Ludovic P. et Laurence P.? demande Renard.

– Laurence P. est là-bas avec Camille!

– Ah, oui...

– Et Ludovic P. ne dîne pas ici ce midi.

– Ah, bon…

– Pourquoi?

– Je voulais leur demander quand ils voulaient faire la prochaine lecture.

– De quoi tu parles?

– C'est vrai, on n'en avait pas fait depuis que tu es arrivée à Mont-Joli. On se réunit de temps en temps pour faire des lectures publiques.

On se lit des trucs qu'on aime. On a commencé ça l'an dernier. Mon père le faisait quand il avait notre âge.

– Des fois, Renard, j'ai l'impression que tu as trente ans…

– Pas besoin d'être vieux pour aimer faire des affaires de vieux. Mon père, lui, il joue à Guitar Hero et c'est une affaire de jeunes!

– Renard, ton père est guitariste… c'est son métier!

– Ouin, pis?

– Tu sais très bien ce que je veux dire…

– En tout cas, depuis que Camille vient aux lectures, on dirait que Laurence P. est moins intéressée…

– Demande-lui si ça l'intéresse encore.

– Très bonne idée!

– Tu dis ça comme si j'avais trouvé l'idée du siècle. Tu es drôle, Renard…

– Bien, en tout cas, ça te fait sourire… lance Renard avant de replonger les yeux dans ses livres.

Celui qu'elle appelle gentiment « Renard » porte en fait le nom véritable de Maxime Fox Junior. Comme Maxime lui a avoué dès sa première journée à l'école qu'il n'aime pas son nom de famille, Clo a décidé de lui donner ce joli surnom. Renard est un petit génie qui adore les sciences. C'est un vrai rat de bibliothèque et de librairie, mais aussi un coureur émérite. Ils se sont rapidement liés d'amitié. Ce sont les deux amis les moins populaires de l'école, mais sûrement les deux plus grands amis que cette école ait jamais connus.

Renard habite avec sa mère et sa sœur. La grande et super belle Camille. Celle à qui tous les garçons de son année donnent un cœur à la Saint-Valentin, même ceux des autres classes. Une star. Une méga grande star. Rien à voir avec son frère Renard et son amie Clo. Bien que Camille soit plus grande physiquement que son frère, elle est sa cadette, un an plus jeune, et elle est en cinquième année.

Un minilaboratoire, dans le grenier, sert de repaire à Renard. Clo et lui y passent tous les jours de pluie et les jours ensoleillés aussi, si jamais ils arrivent à se faufiler sournoisement à l'intérieur quand la mère de Renard leur dit de jouer dehors. Un kit de jeune scientifique, un ordinateur avec internet, un vélo stationnaire, une guitare électrique de collection, un système de son, un iPod, des centaines de CD, des 33, des 45 et des 78 tours, un tourne-disque, plein de posters de groupes et d'artistes mythiques, une bibliothèque pleine de livres ainsi qu'une trentaine de coussins par terre font que c'est l'endroit idéal pour les deux amis.

Bien avant que Clo arrive dans sa vie, Renard a inventé un mot de passe, imaginaire car rien ni personne n'en contrôlent l'accès, qu'il doit prononcer avant d'entrer dans le repaire. Aussitôt les deux amis entrés, Renard se dépêche de mettre le crochet pour verrouiller la porte. Verrouiller est un bien grand mot, car ce moyen de sécurité n'est pas très fiable.

L'an dernier, la mère de Renard avait arraché tout le « système de sécurité » en ouvrant la porte banalement sans trop de force, croyant que son garçon jouait dehors avec sa sœur et que la pièce était vide. Il s'agissait donc d'une « sécurité psychologique », comme lui avait dit sa mère.

Chez Clo, en dehors de sa chambre, le seul lieu intéressant pour les deux protagonistes est le sous-sol, parce que l'ordi familial s'y trouve, mais surtout à cause du cinéma maison : ils adorent regarder des films. Clo est une grande cinéphile. Le seul hic, c'est que le sous-sol est à aire ouverte et que son père y a son bureau de travail. Clo et son ami ne peuvent donc pas s'y retrouver tout le temps.

Le repaire de Renard reste donc le seul lieu entièrement sûr parce qu'il est disponible en tout temps. Renard appelle affectueusement son espace la « Tanière des cerveaux de course » : nom évoquant à la fois son goût pour le savoir et aussi la compétition sportive. Intelligent comme un renard, mais rapide comme un lièvre.

C'est justement là qu'ils se sont rendus, tous les deux, tout de suite après les classes.

– Clo, vite, entre…

– Pourquoi?

– On a peut-être été suivis.

– Qui nous aurait suivis? Et qu'est-ce que ça donnerait?

– Camille, des fois, je la soupçonne de vouloir percer les secrets du repaire.

– Renard, tu débloques… Il n'y a aucun secret et tout le monde peut entrer.

– Non, il y a seulement toi et moi qui connaît le mot de passe.

– Renard, des fois, tu es trop bizarre…

– Camille est prête à tout pour connaître les moindres informations sur tout le monde autour d'elle.

– On devrait s'en servir, alors!

– Pour?

– Espionner les diables et les diablesses de l'école qui partent des rumeurs sur moi.

– Bonne idée! Je sais quoi faire…

– Et dire que tu trouves ta sœur espiègle, sournoise et curieuse!

– OK. Avant que je passe à l'action en obligeant ma sœur à nous aider, est-ce que tu veux venir avec moi chez le Hibou? Il a reçu le livre que j'ai commandé et ma mère m'a donné l'argent tantôt.

– Encore la librairie? Monsieur

Michel n'est pas fatigué de te voir?

– Hahahaha! Tu es drôle, Clo…
C'est un super livre sur le mystère des
Incas. Tu vas aimer toi aussi. C'est un
méga *hot* livre de référence.

– Wow, super! rétorque Clo sur
un ton pas très emballé.

– Dis oui, dis oui!

– OK, allons voir le Hibou… Mais
je t'avertis, moi je longe les haies de
cèdres et les murs de briques.

– Parfait, on va jouer aux fantômes
de l'ombre.

– Renard…

– Allez, on y va!

3

Rumeurs sur la ville

Camille en devait une à Renard. Parce qu'il avait fait toutes ses corvées pendant le mois où elle avait été malade l'an dernier, elle avait promis de lui remettre ça un jour. Après plusieurs minutes de négociations, Camille accepte donc de jouer à l'espionne en étant l'oreille que Renard et Clo ne peuvent être. Il lui est possible de le faire parce qu'elle peut s'approcher facilement des troupes ennemies.

Renard et sa sœur tiennent une réunion dans la Tanière des cerveaux de course juste avant de partir pour l'école, juste avant qu'elle se lance dans sa première journée d'investigation. Renard la nomme, presque à la blague, Camille Bond, l'agente zéro-zéro-b'lette. Sa sœur n'aime pas du tout.

– Ouach! Une belette… On a assez d'un animal dans la famille!

– Je te trouverai un autre nom de code, alors…

– Max… Camille Labelle-Fox, c'est parfait, très parfait!

Camille a de la difficulté à se concentrer sur ce que Renard lui dit, car elle regarde partout dans la pièce. Elle n'a pas souvent l'occasion d'être invitée dans la tanière, car Renard lui en interdit l'accès et sa mère lui demande de respecter l'intimité de son grand frère. Alors, elle donne l'impression de photographier les lieux et de tout classer dans sa mémoire.

– Tu m'écoutes, Camille?

– Oui, oui, Max… Ne t'en fais pas, je vais bien faire ça, c'est *cool*.

Pendant sa semaine d'espionne officielle, elle en entend de toutes sortes. Jamais elle ne manque à sa tâche, car Renard lui a demandé d'être très « professionnelle » dans son espionnage.

Lors de son premier matin, se mêlant à un groupe écrasé dans un coin, elle s'immisce dans la discussion.

– Salut! De quoi vous parlez en chuchotant comme ça? demande Camille.

– On ne parle pas fort parce qu'on a peur que Cloé la folle nous entende, répond Charles-Éric-Antoine.

– OK. Alors, vous disiez quoi?

– Tristan-David racontait qu'il paraîtrait qu'elle aurait déjà mangé son chien après un rituel vaudou… et qu'elle aurait enterré les os ensuite dans un cimetière secret pour animaux derrière une église.

– Mon cousin, qui habite à Rimouski, m'a dit qu'une fois, à l'école, elle s'est fâchée contre une autre élève qui voulait simplement boire à la buvette et que ses yeux seraient devenus rouges, que deux longues dents auraient poussé dans sa bouche et qu'elle aurait hurlé tellement fort que toutes les vitres des portes de classes auraient éclaté en même temps... dit Clarence, à bout de souffle.

– Hahahahahahaha... ouin c'est ça... lâchent-ils tous presque en même temps.

– Non mais, sans blague, on m'a déjà dit que c'est une terroriste et qu'elle appartient à un groupe qui fait sauter des maisons, raconte Daphnée. Elle aurait même fait exploser sa propre maison pour qu'on ne se doute pas qu'elle est elle-même une terroriste. Elle aurait même habité dans plus de cent villes et dans plein de pays.

– Il paraît qu'elle n'a même pas notre âge, que c'est une adulte qui paraît avoir notre âge, mais qu'elle est super vieille, genre trente-sept ans, exprime Christian-Paul.

– Oua-che! C'est l'âge de ma mère.

– J'ai la meilleure, vous allez voir, dit Rémi-Pierre. C'est Annabelle, la cousine de Justin, le voisin de ma cousine qui habite à Sainte-Blandine, c'est à côté de Rimouski, qui aurait su d'une source sûre qu'elle aurait déjà tué au moins douze personnes et qu'elle serait même recherchée par la police...

– Franchement, Rimouski c'est genre à vingt-cinq minutes de Mont-Joli. La police l'aurait retrouvée facilement, réplique Camille.

– Ben là, tu prends pour qui… pour elle? s'exclame Charles-Éric-Antoine.

– Pas rapport! C'est juste que ça marche pas son histoire… dit Camille, en haussant un peu le ton.

– C'est vrai que c'est un peu tiré par les cheveux de la tête comme dit mon père, lance Christian-Paul en riant.

– Ton histoire n'est pas meilleure, rétorque Clarence.

– Bon, on ne va pas faire un concours, ce n'est pas ça le but… On la trouve bizarre ou pas? demande Camille, question de ne pas éveiller les soupçons sur son travail d'espionne.

- Camille a raison. Il y a quelque chose qui cloche et c'est ça l'important, termine Tristan-David. Tout ce qu'on a dit peut être vrai ou faux, mais c'est certain qu'elle n'est pas normale.

– Ça c'est vrai! Tu as vu comment elle s'habille?

– Franchement, Natacha-Julie, ce n'est pas de ça qu'on parle, répond rapidement Camille.

Il y a un long silence. Camille a l'impression que plusieurs regards suspects se tournent vers elle.

– Et toi, Camille, ton frère est l'inséparable de la folle à Mistral… lance sèchement Marie-France-Lou.

- Qu'est-ce que tu veux dire?

- Rien, je me comprends… réplique Marie-France-Lou avec une attitude désagréable.

- Marie-Flou, tu le sais que Camille est de notre bord… exprime Clarence. Elle est ici avec nous et non avec la folle, oui ou non?

– En tout cas, moi je vais la surveiller, Cloé Mistral, dit Charles-Éric-Antoine, et je trouverai bien… Et si jamais je meurs, vous saurez pourquoi.

– Personne ne va mourir!

– Camille a raison, réplique Natacha-Julie. Ben, je pense…

À chaque pause de la journée, y compris l'heure du dîner, la jeune espionne écoute et note tout dans sa mémoire. Chacun des jours suivants, Camille continue d'entendre les histoires les plus effrayantes et les plus folles sur Clo. Elle se dit qu'un moment donné, ils auront assez raconté d'histoires pour ne plus en avoir et que c'est là qu'elle pourra tout rapporter à son frère. Mais non, tous les jours, de nouvelles histoires sont racontées. Camille a l'impression que jamais ça ne s'arrêtera et que jamais elle ne pourra tout raconter à Renard.

Pendant ce temps, Clo et Renard tentent de se faire plus discrets. Lui va à son entraînement de sprinteur et elle se rend à ses répétitions de théâtre. Mais pour le reste, ils jouent aux invisibles en fuyant les regards.

Lorsqu'ils ne sont pas en classe, ils longent les murs, se cachent à la bibliothèque ou dans le fond de la cour d'école.

Le fait que Clo soit autant discrète a pour effet de la montrer sous un angle encore plus étrange qu'elle ne le paraissait avant. Renard et elle pensent donc se faire oublier, mais ça donne l'image totalement contraire. Une semaine de discrétion manquée.

Par la suite, Camille a tout rapporté à son petit-grand frère. Elle n'a pas osé le raconter devant Clo parce qu'elle-même est traumatisée par ce qu'elle a entendu. Elle ne veut pas voir le visage de Clo lorsqu'elle apprendra toutes ces histoires. Elle se dit que l'exposé sur les ragots passera mieux avec le talent de conteur de son frère, talent découvert lors de leurs fameuses lectures publiques. Camille a fait toutefois comprendre à Renard qu'elle ne lui rendra plus jamais ce genre de service. Parce que même si elle n'a pas eu à conter des mensonges, elle se sent quand même traître envers ses amis.

Toutefois, Renard a souri, car il a bien remarqué l'enthousiasme de sa sœur à tout rapporter. Son rôle d'espionne lui a quand même plu, ça paraît! Il n'aura donc qu'à user de quelques ruses intelligentes pour la convaincre de nouveau.

— Tu sais, Max, tout le monde pense que Clo est un monstre sanguinaire… une tueuse. Tu devrais faire attention… je pense.

– Franchement! Clo est ma meilleure amie.

– Je sais, mais tout ça fait quand même peur…

– Tu ne sais pas ce que tu dis!

– En tout cas, si jamais j'ai des doutes sérieux, je vais en parler à maman.

– Non, promets-moi de m'en parler avant… s'il te plaît.

– Seulement si tu me laisses inviter des amies pour un *party pyjama* dans ta tanière. Juste une soirée pour qu'on puisse écouter de la musique tranquille sans déranger maman…

– JAMAIS! La seule fille qui a le droit d'entrer dans la Tanière des cerveaux de course, c'est Clo.

– Maman a le droit, elle…

– Ce n'est pas une fille! Je veux dire… C'est une mère.

– Ridicule!

– Ce n'est pas ridicule.

– C'est parce que Cloé est ton amoureuse…

– FRANCHEMENT! NON! C'est mon amie.

– C'est ce que tu dis, mais ce n'est pas ce que je vois.

– Ouach, tu es dégueulasse!

Pas question que Renard laisse entrer Camille et ses amies fouineuses dans son antre. Une fois à l'intérieur, elles pourraient fouiller et trouver des choses qu'il ne voudrait pas qu'elles trouvent. Il tient à son intimité. Et puis, il déteste quand Camille ou sa mère disent que Clo est son amoureuse.

4

Grand-mère, où es-tu?

Marie-Ange, la grand-mère de Clo, a beaucoup voyagé avec son mari Alexis, qui est décédé lorsque Clo avait quatre ans. À la mort de grand-père Alexis, grand-mère était venue habiter dans la même maison que Clo et ses parents. En fait, comme le loyer au deuxième étage venait de se libérer, grand-mère Marie-Ange avait emménagé au-dessus de la petite famille. Clo n'avait qu'à monter pour aller la voir.

Avant d'être malade, sa grand-mère faisait de nombreuses activités avec sa petite-fille. Clo apprenait beaucoup de choses avec elle, mais elle s'amusait beaucoup aussi. Marie-Ange et Clo étaient les meilleures amies du monde, des inséparables. Chaque soir après l'école, Clo revenait toujours rapidement et montait les marches deux par deux pour aller voir sa grand-mère. Tout ça lui manque beaucoup, maintenant.

Clo pleure souvent en pensant à tous ces bons moments passés en compagnie de sa grand-mère. Elle est très sensible.

Même si elle n'aime pas quand ses parents parlent d'elle de cette façon, ils ne se gênent pas pour la présenter comme étant une petite fille émotive et fragile. C'est d'ailleurs ce que son père a dit au directeur de l'école lorsque ses parents ont été l'inscrire à son école actuelle.

– Derrière le côté solitaire et parfois froid de Clo se cache une grande sensibilité, vous savez… C'est son côté artiste… D'ailleurs, on avait pensé l'inscrire au cours de théâtre qui se donne après l'école.

Sa grand-mère était décédée à la suite d'un long combat contre le cancer. Clo avait été à ses côtés tout au long des derniers mois. À part la nuit et le jour à l'école, on n'arrivait pas à les séparer. Marie-Ange remerciait chaque jour sa petite-fille de l'aider à combattre. La maladie avait quand même gagné.

De toutes les conversations qu'elles ont eues, une restera gravée à jamais dans la mémoire de Clo :

– Pas facile, ma fille, quand tu as un cœur en bois… Ton grand-père l'avait si bien sculpté… Il était vert, rempli de la meilleure sève qui soit, celle de l'amour… Mais là, il sèche… avec la maladie, avec la mort de ton grand-père aussi. Je m'ennuie beaucoup de lui, tu sais.

– Je suis là, moi, grand-mère.

– Je sais, je sais, avait-elle dit en souriant. Mais, il faut que je te dise… Il faut faire attention aux…

– Quoi?

– Non, non, ça va, je suis fatiguée, ma belle Cloé. Il faut que je dorme un peu… On se revoit demain.

– Dors bien, grand-mère.

Un jour, en pleine nuit, les parents de Clo l'avaient réveillée pour lui dire que sa grand-mère était décédée. Clo était très triste de la mort de sa grand-mère, car elle l'aimait beaucoup et c'était aussi sa seule amie. Elle se sentait délaissée.

Ensuite, ils ont déménagé. Elle a rencontré Renard, son bon ami, mais sa grand-mère lui manque beaucoup.

Le seul objet ayant appartenu à sa grand-mère que Clo a en sa possession est un pendentif. Jamais elle ne l'enlève. Elle le garde près de son cœur.

À la suite de l'appel de Renard, Clo se rend rapidement à la Tanière des cerveaux de course. Renard l'attend en faisant les cent pas, car l'exposé qu'il doit livrer le stresse énormément. Il écoute la même chanson, en boucle, depuis plusieurs minutes. Il n'a jamais eu à annoncer à une personne autant de mauvaises choses. Il est terriblement nerveux, plus que d'habitude. Il ne sait vraiment pas comment Clo prendra tout ce qu'il a à lui dire. En tout cas, si les ragots avaient porté sur lui, il n'aurait pas aimé qu'on lui dise tout ce que sa sœur lui a rapporté, c'est certain.

Clo se sent bel et bien prête à entendre ce que son ami lui re-transmettra. Le pendentif lui donne l'impression d'une présence, même d'une forte présence tout près, comme si sa grand-mère était toujours avec elle. Clo se sent accompagnée. C'est dans cet état, un mélange de courage et de tristesse, qu'elle arrive chez son ami.

– Qu'est-ce que tu écoutes?

– C'est une version au piano de *Mad World* par Gary Jules, une reprise du groupe Tears For Fears qui date des années 1980… je pense. C'est mon père qui…

– Je trouve ça triste comme musique… Ça me fait bizarre… lance Clo en coupant la parole à son ami.

– Clo, avant de commencer, je veux juste te dire que certaines choses effroyables vont te paraître très effroyables, parce que ce sont des choses vraiment effroyables qui ont été racontées…

– Renard, la chose la plus effroyable que je connaisse, c'est la mort de ma grand-mère Marie-Ange… Je ne vois pas ce qui pourrait être pire.

– Tu crois?

– Oui, c'est même pour ça qu'on a changé de ville. Maman et papa ont choisi Mont-Joli parce que c'est près de leur travail… dans le fond, pas mal plus près que lorsqu'on restait à Riki… et aussi parce que c'est tranquille…

– Ce n'est pas ce que les élèves racontent à l'école…

Renard raconte enfin à Clo ce que Camille lui a rapporté. Sa sœur a eu raison de le laisser faire. Renard réussit à tout dire, sans rien cacher à sa meilleure amie. Il est un fin conteur et il est très habile pour ce qui est de dire des choses difficiles et ce, de belle façon. Sa pauvre amie est bel et bien sous le choc, elle n'en revient pas que des gens puissent être aussi méchants et menteurs.

– Tout ça a commencé avec l'histoire idiote de la mère de Jonathan… Je les déteste, sa mère et lui…

Après avoir enduré ce supplice, soit celui d'entendre tous ces potins plus débiles les uns que les autres, Clo décide de rentrer chez elle. Elle a besoin de se reposer.

Entendre toutes ces méchancetés se rapportant à elle l'a épuisée, certes, mais elle veut surtout se retrouver seule pour pleurer. Elle ne veut pas se montrer faible devant son ami, son meilleur ami. Pourtant, Renard aurait compris, il aurait sûrement tenté de la consoler. Clo part rapidement.

– À demain!

– Clo…

– À demain, Renard.

Les yeux pleins d'eau, Clo court vers chez elle sans regarder derrière elle, ni à gauche ni à droite; ce qui n'est pas très prudent car il s'agit de rues très passantes. Dans sa bulle, avec l'impression que les rangées d'arbres qui longent les rues se referment sur elle tellement qu'elle file, elle court comme si on la transportait. Son seul but est d'arriver le plus rapidement possible à sa chambre, de fermer la porte et de se blottir sous les couvertures.

Quand elle y est enfin, juste avant de dormir, Clo est triste, mais il semble que sa course l'ait aidée à faire passer une partie de ses émotions. Elle se sent comme lorsque l'on a l'impression que plus une larme n'est disponible et que tout se passe dans l'enflure des yeux, tellement rouges que l'on croit qu'ils finiront par éclater. Elle ressent à la fois de la tristesse et une sorte de soulagement, comme si sa course avait effacé certaines paroles entendues.

— Où es-tu, grand-mère? Je

m'ennuie de toi… Pourquoi m'as-tu laissée seule ici?

Elle se doute bien que sa grand-mère ne lui répondra pas, mais ça lui fait tellement de bien de lui parler. Clo verse de petites larmes avant de se retourner et d'entreprendre une nuit de sommeil.

Une présence lourde dans la pièce rend l'ambiance plutôt étrange, mais Clo a déjà rejoint ses rêves. À la première petite respiration profonde de Clo, ses larmes disparues dans l'oreiller, la présence se retire.

5

Scène de crime numéro 2

En sortant prendre son journal dans la boîte aux lettres près de la rue, le père de Clo apprend du voisin que plusieurs arbres du quartier se sont effondrés la veille. Pourtant, il n'y a pas eu de foudre, pas d'orages violents non plus. Le voisin dit qu'une grogne s'élève chez certaines personnes plus que d'autres.

— Sûrement parce que certains sont plus chanceux que d'autres… Héhéhéhé! Regardez, il n'y a que chez vous, chez le libraire, chez les Fox et chez nous que tout est resté debout… Certains ont plus le pouce vert que d'autres, faut croire… héhé héhéhé!

– Peut-être, oui… dit le père de Clo en esquissant un sourire avant de retourner à l'intérieur de sa maison.

Il raconte bien sûr cet étrange phénomène à Clo et à sa mère, en arrivant à la cuisine pour déjeuner. Clo prend part à la discussion. Tous les trois trouvent cela curieux, certes, surtout que ce n'est pas arrivé sur tous les terrains du coin.

– J'espère qu'on n'est pas dans un quartier à risque pour les glissements de terrain. Un problème de maison en un an, c'est bien assez, dit la mère de Clo.

– Aucun terrain n'a glissé… des arbres sont tombés, réplique le père.

– Je sais, je sais… Ça réveille juste de mauvais souvenirs.

– Ce n'est pas le temps de partir pour l'école, princesse? lance le père de Clo.

– Oui, oui… J'attends Renard.

– Les inséparables, disent à l'unisson ses parents avec un sourire béat.

– Arrêtez… C'est mon ami, juste mon ami, rétorque Clo, embarrassée par la situation.

Son père aime bien faire allusion

au fait que le beau Maxime est l'amoureux de sa fille. Clo n'aime vraiment pas ça.

– Tu es toute rouge, princesse… Héhéhéhéhé…

– Arrête, René. Ne la fais pas fâcher pour rien.

Sa mère a rapidement compris. La rougeur, ce n'est pas tant par gêne qu'à cause d'un début de colère qui s'installe sur le visage de Clo. Mais, ce matin, il n'y a pas que les taquineries de son père qui l'embarrasse et la tracasse.

Depuis qu'elle sait ce que certains élèves de l'école racontent à son sujet, Clo se demande si elle doit continuer le théâtre. Il faut dire que plusieurs mauvaises langues font partie de l'équipe technique ou sont des comédiens. Pourtant, avec tout ce qui a été dit et entendu, il est facile de croire que tout le monde a maintenant peur d'elle. Les élèves ne l'affrontent maintenant qu'en très gros groupes.

Renard l'accompagne dorénavant à toutes les répétitions de la troupe, auxquelles il assiste, et repart ensuite avec elle. Juste de penser qu'il peut faire office de garde du corps fait rigoler Clo. Et rigoler, c'est justement ce dont elle a besoin ces temps-ci.

En arrivant à l'auditorium, Renard prend place dans la salle et Clo se dirige vers l'arrière de la scène. Tout le monde est là, sauf les professeurs. Cette fois, ça se joue en coulisses.

Rapidement, les élèves entourent Clo et l'empêchent de quitter.

– Tu ne t'en tireras pas comme ça!

– On n'a pas peur de toi parce que, de toute façon, nos parents vont te faire quitter la ville.

– Tu iras faire ta sorcière ailleurs…

– Laissez-moi tranquille! crie Clo.

– Pas question… Pas avant que tu aies lâché le théâtre. On ne veut pas de toi ici.

– Mistral, tu es une vraie teigne.

– Tu nuis à la pièce autant qu'à l'école, Mistral.

– On n'a jamais voulu de toi.

– Jure que tu vas quitter la troupe!

Au centre des insultes et des rires, Clo pleure. Elle est triste, fâchée et se sent prisonnière. Ça lui fait mal. Son cœur est comme rongé par la tristesse. Elle ne sait pas quoi faire et souhaite que cette torture s'arrête. Les élèves la bousculent et elle pleure toutes les larmes qu'elle a. Soudain, les élèves s'immobilisent lorsque l'un d'eux s'écrie :

– Arrête, qu'est-ce que tu fais encore? Haaaaaaaaa…

Un nuage indescriptible survole le plancher. Une odeur de renfermé, forte et mauvaise, se fait sentir. Une odeur de mort. La mort dans un millier de battements d'ailes, comme une tempête se rapprochant. L'air devient quasi opaque, on arrive presque à le toucher tellement il semble tactile. Tout le monde crie, mais personne ne bouge. Les élèves sont sidérés. Ils ont l'impression qu'une présence les frappe de toutes parts. Plusieurs pleurent et implorent leurs parents de venir les chercher. Certains suffoquent. Un bruit sourd et dévastateur est constant. Clo est autant pétrifiée que les autres.

– Je… je… n'arrive plus…

Jonathan s'effondre aux pieds de Clo qui ose enfin ouvrir les yeux. Le nuage disparaît en une fraction de seconde. Tout est défait. Il ne reste rien des nouveaux décors. Malgré les efforts pour solidifier le tout, rien n'a tenu. Renard arrive à la course, prend la main de Clo et l'entraîne hors des lieux. Les deux amis quittent l'école à toute vitesse. Ils courent vers la Tanière des cerveaux de course sans même se retourner une seule fois.

Au moment où Renard et Clo quittent, les professeurs, qui s'approchaient de l'auditorium en parlant, mettent fin rapidement à leurs discussions en entendant les cris. Ils s'empressent d'entrer dans la salle.

– Qu'est-ce qui se passe ici? lance monsieur Bernard en accourant sur la scène.

– C'est Cloé la folle. On ne lui a rien fait… et elle a tout fait tomber encore.

– Elle a déchiré ma chemise.

– Moi, c'est ma jupe…

– Arrêtez vos sottises et dites-moi ce qui s'est véritablement passé… Et je ne rigole pas, je commence à en avoir assez! Les décors sont encore défaits.

– C'est elle…

– À voir vos faces depuis une semaine, vous avez quelque chose à vous reprocher… et tout le groupe à part ça. Si vous ne parlez pas, ce sera tout le monde chez le directeur, dit monsieur Bernard d'un ton sévère.

– Monsieur…

– Quoi? s'impatiente le professeur.

– Monsieur Bernard, Jonathan ne va pas bien…

– Jonathan, Jonathan, qu'y a-t-il? demande monsieur Bernard d'un air inquiet.

Jonathan a eu un malaise respiratoire et madame Martine l'emmène rapidement au bureau de l'infirmière de l'école.

Pendant ce temps, monsieur Bernard tente d'éclaircir toute cette histoire en plus d'essayer de calmer son collègue, monsieur Jacques.

– Bon, OK, tout le monde est là? demande monsieur Bernard. Il me semble qu'il manque quelqu'un…

– Cloé la folle. On vous l'a dit, elle a tout fait ça et elle s'est enfuie.

— Voyons, voyons, la vérité s'il vous plaît! ordonne monsieur Bernard.

— Maxime Fox et elle ont quitté rapidement comme des coupables… Il me semble que c'est une vraie preuve.

— Je commence à le croire…

— Ah non, pas toi, Jacques, franchement! Tu ne vas pas croire toutes ces niaiseries toi aussi? Tu n'es pas sérieux? lance monsieur Bernard d'un air découragé.

Même si monsieur Bernard ne veut pas croire à toutes ces élucubrations grotesques, il ne peut que rester estomaqué devant la catastrophe qui vient de survenir. Madame Martine et lui avaient repensé le décor pour qu'il soit plus solide. Cette fois, il n'y a pas que des structures qui sont tombées, il en manque carrément des bouts.

Quand aux vêtements, il semble très clair pour monsieur Bernard que les jeunes se sont chamaillés et qu'ils ont été déchirés pendant les altercations entre eux. Pour les décors en partie disparus, là il commence à ne plus comprendre. Si quelqu'un tente de lui jouer un méchant tour, il doit mettre tout cela au clair rapidement. Pas question que, faute de coupables, il laisse la direction décider de mettre fin au cours de création théâtrale pour punir tout le monde en même temps.

6

Ennemie publique numéro 1

Avec les spectres de la veille, Clo a eu de la difficulté à dormir. Elle s'est même réveillée au beau milieu d'un cauchemar, tout en sueur. C'est donc avec la fatigue au corps qu'elle se lève ce matin. Outre l'éveil pénible, elle appréhende sa journée à l'école et ce que les élèves auront encore certainement à dire sur son compte.

En descendant l'escalier pour aller prendre son déjeuner, Clo entend ses parents discuter tout bas. Elle reste assise sur la douzième marche, écoutant ce qu'ils disent.

– On n'avait pas besoin de ça…

– Dis-toi que c'est pire pour Cloé, c'est elle qui doit vivre avec ça, au jour le jour, à l'école… pas nous. C'est avec elle que les élèves sont méchants.

– Je sais bien, Mais depuis l'effondrement du deuxième étage, la mort de ta mère, il me semble que j'aurais pris un *break*.

– Tant que cette maison n'a pas de défauts de fabrication, on est corrects.

– Tu y as vraiment cru, toi, aux défauts de fabrication?

– On ne va pas revenir là-dessus, on a décidé de laisser tout ça dernière nous… C'est ce que l'expert des assurances a conclu, en tout cas.

– Tu as raison, on est bien ici. Si on peut dire…

– Tout va rentrer dans l'ordre. Tu vas voir quand je vais me fâcher…

Dans le ton de sa voix, Clo n'arrive pas à croire sa mère quand elle dit qu'ils sont bien, ici, dans leur nouvelle maison. Un sentiment de culpabilité commence à l'envahir et elle se sent mal. En fait, elle commence à se sentir dans sa bulle, comme l'autre soir lorsqu'elle a couru dans les rues, couru pour fuir la tristesse. Ce malaise, elle s'en souviendra toute sa vie. La culpabilité l'envahit, elle a de nouveau ce sentiment étrange que quelque chose de mal se prépare. À l'apparition de l'odeur qu'elle commence à trop bien connaître, celle de l'effondrement, elle prend sur elle, essuie une larme sur sa joue et descend rapidement à la cuisine.

– Bon matin, papa! Bon matin, maman! pousse énergiquement Clo en descendant le reste des marches parce qu'elle en a assez de les entendre et qu'elle veut se sentir en famille.

– Bon matin, ma belle! Tu as bien dormi?

– Allô, princesse! Tu as faim?

Ce matin, le téléphone a sonné

tôt à la maison. Les parents de Clo ont été convoqués au bureau du directeur, avec elle. Ses parents ont tous deux des emplois très prenants et ont habituellement de la difficulté à se faire remplacer au boulot. Il est arrivé à quelques reprises, lorsqu'ils habitaient à Rimouski, que Clo s'organise seule après l'école quand sa grand-mère est devenue trop malade pour s'occuper d'elle. Comme cette rencontre imprévue semble fort urgente et importante, ils ont toutefois avisé leurs employeurs qu'ils seraient absents une partie de l'avant-midi.

Des parents d'élèves ont décidé de porter plainte et de faire supposément entendre raison au directeur, ce qui oblige les parents de Clo à se rendre au rendez-vous donné par la direction de l'école.

– Princesse, le directeur a téléphoné et il veut nous rencontrer avec toi. Tu sais c'est à quel sujet? questionne son père.

– Est-ce que c'est à cause de l'incident du théâtre de l'autre fois? rajoute sa mère. Il a parlé de décors disparus ou volés.

– Je ne sais pas… Ben, je ne suis pas sûre… mais c'est encore arrivé hier avant la répétition.

– Tu n'es pas impliquée dans cette histoire, ma belle? demande gentiment son père.

– Je n'ai rien fait pour que ça se produise, si c'est ça que tu veux savoir, répond Clo avec gêne.

– Tu as peut-être été témoin de quelque chose qui pourrait permettre au directeur d'éclaircir tout ça? relance le père.

– On devrait attendre la rencontre, mon amour, si elle n'a rien à dire. Je crois qu'elle nous le dirait s'il y avait quelque chose d'important.

– Ben, je peux vous raconter ce qui est arrivé... ce que j'ai vu! entame finalement Clo.

En déjeunant, elle raconte ce qui s'est passé, devant le visage ébahi de ses parents.

– Je ne sais pas quoi te dire, princesse... à part que je suis encore une fois content que tu n'aies pas été blessée.

— Ma belle Cloé, à l'avenir, il serait bien que tu nous racontes ce genre de choses. Ne garde pas ça pour toi. Comment veux-tu passer une bonne nuit avec tout ça en tête?

— C'est inquiétant que tout tombe si facilement... termine le père.

À leur arrivée à l'école, en plein à la sortie des autobus, ils sont la cible des regards. Tout le monde parle tout bas, la main devant la bouche, tout près, à l'oreille. Les élèves fixent les trois arrivants comme s'ils voyaient papa-diable, maman-diable et bébé-diable. Personne n'ose se placer devant eux.

La petite famille marche d'un pas décidé vers la porte principale. Le chemin est totalement libre, les élèves se tiennent loin.

Le trio s'assoit sur des chaises, dans le corridor. Clo fixe le plancher, à moitié dans la lune, songeuse. Que peut bien vouloir le directeur? Elle a un peu peur. Au moins, elle n'est pas seule, elle est en compagnie de ses parents. Ils semblent très nerveux. Même si la porte du directeur de l'école est fermée, on peut entendre les parents se plaindre.

– Il faut l'expulser, c'est de sa faute! dit une mère.

– C'est elle qui fait ça… Tout a commencé à son arrivée à l'école, accuse une autre.

– Rien d'anormal ne se passait à Mont-Joli avant que cette famille diabolique arrive ici! renchérit la première.

– Voyons, voyons, c'est insensé… Ce n'est qu'une enfant! dit le directeur.

– Peut-être, mais elle a des pouvoirs magiques et elle est capable de faire tomber les murs! ajoute toujours aussi directement la première.

– Madame Poulain, quand même… réplique le directeur. Des pouvoirs magiques, vous dites? Sauf le respect que je vous dois, vous ne trouvez pas que vous exagérez? C'est même tout près du délire votre affaire…

– On a peur pour nos enfants! Qu'est-ce qui n'est pas clair dans tout ça? lance un père avec une voix très grave et fâchée.

– On réclame l'expulsion définitive. Et on téléphonera à l'école du Nord pour s'assurer qu'elle ne pourra pas y aller. Comme ça, ils quitteront la ville…

Clo et ses parents attendent toujours de rencontrer le directeur. Clo a l'impression qu'ils s'apprêtent à passer devant un tribunal et qu'ils seront faussement jugés. Peut-être même enfermés pour la vie. Elle regarde ses parents du coin de l'œil et ils semblent très stressés. Son père n'arrête pas de se passer la main dans les cheveux et sa mère reste figée. Clo est nerveuse. Si jamais ils devaient encore déménager? Cette fois, ce serait bel et bien de sa faute. Du moins, c'est ce qu'elle pense présentement.

– C'est le diable qui les envoie! Vous allez voir, la prochaine étape, c'est qu'elle va démolir la grotte de l'église… Un lieu sacré…

À force d'entendre ce qui se passe de l'autre côté de la porte, n'en pouvant plus, le père de Clo se met à rire. Il rigole même beaucoup.

– Ma belle Annie, il va falloir que j'appelle mon ami avocat. On est dans de beaux draps, je pense! Hahahahahahaha…

– Tu as raison, mon beau René. En cour, il nous en faudra un bon… avec toutes ces accusations en béton! Hihihihihi…

Clo vient enfin de comprendre. Ses parents ne sont pas nerveux, mais sûrement furieux. Son père, lorsqu'il doit faire face à une situation liée à une injustice, à quelque chose qui le met en rogne, finit toujours par faire une blague à sa mère. Ensuite, sa mère répond aussi par une blague, même si les événements prennent une tournure sérieuse. C'est ce qu'ils appellent « ramener les choses à l'essentiel par l'ironie ».

Tout à fait comme Clo s'en doutait, depuis leur arrivée, c'est madame Poulain, la mère de Jonathan, qui est l'instigatrice de ce délire matinal. C'est d'ailleurs elle qui sort du bureau du directeur en premier. Elle est accompagnée d'autres parents et du professeur Jacques. En sortant, elle fixe Clo comme s'il s'agissait d'un monstre et jette aussi un regard de dégoût en direction de ses parents.

– Tout va comme vous le voulez, madame Poulain? lance le père de Clo sur un ton plutôt arrogant.

– Vous verrez bien qui rira le dernier lorsque la commission scolaire mettra son nez là-dedans! répond promptement la mère de Jonathan.

– Voyons, voyons, les enfants… euh… messieurs, mesdames, agissez en adultes raisonnables, s'il vous plaît, rétorque le directeur à la cohue que ce début d'échanges corsés entre les parents de Clo et de

Jonathan a déclenchée.

À ce moment, Clo se dit, à l'intérieur d'elle, qu'il n'y a pas beaucoup d'adultes raisonnables dans ce bureau.

– Je ne sais pas comment la petite a fait ça, mais elle a étouffé mon garçon!

– Franchement, madame, votre fils est asthmatique et l'effondrement a fait beaucoup de poussière! On parle ici d'un effondrement qui aurait pu blesser nos jeunes et de rien d'autre, là, franchement. Vous êtes ridicule! lance le père de Clo apparemment découragé des dires de madame Poulain.

Ce dernier tente de garder son sang-froid du mieux qu'il le peut.

Mais il faut aussi dire que la mère de Clo lui serre le bras pour essayer de le garder le plus calme possible dans la folie collective ambiante.

– Puis, il a failli mourir, mon Jonathan!

– Oui, c'est vrai, la poussière l'a incommodé. Mais notre infirmière a couru chercher la pompe de Jonathan à son casier et tout est rentré dans l'ordre. Tout cela n'a rien à voir avec une petite fille qui… tente d'expliquer calmement le directeur.

– C'est encore drôle… Et monsieur Bernard qui a dû quitter l'école? Elle doit avoir failli le tuer, lui aussi. C'est pour ça que la pièce est mise sur la glace?

– Monsieur Bernard n'a pas quitté l'école. Seulement, comme on devra refaire quelques vérifications dans l'auditorium, j'ai décidé de mettre effectivement la pièce de théâtre sur la glace comme vous dites… Et j'ai dit à monsieur Bernard qu'il reviendrait lorsque tout se serait calmé! poursuit le directeur de plus en plus découragé de la situation.

– En tout cas, on a un professeur de notre bord. Vous devriez vous faire à l'idée, monsieur le directeur! relance madame Poulain.

– Monsieur Jacques n'est pas de votre bord. Je lui ai demandé d'être ici comme observateur pendant la rencontre et comme il était arrivé sur les lieux la dernière fois…

– C'est ce que vous dites!

– Vous voulez mettre en doute ma bonne entente avec mes professeurs? Bon, j'en ai assez entendu, je vais rencontrer le personnel de l'école… et… réplique le directeur qui n'arrive plus à terminer son argumentation.

– Ne tardez pas trop à nous donner de vos nouvelles! menace un autre parent.

– Ouin, ou on passera par-dessus vous et on ira remettre ça entre les mains de la commission scolaire! relance d'une voix encore plus menaçante madame Poulain.

Finalement, les différents plaignants quittent sous les yeux traumatisés de Clo et de ses parents.

Le directeur marmonne des mots inaudibles, il a les yeux exorbités et la face entièrement rouge. Il est indiscutablement en colère et dépassé par la situation.

– Allez, entrez, c'est à votre tour…

Comme Clo et ses parents entrent dans le bureau, Renard arrive, la face dans un livre et totalement absorbé par sa lecture, suivi de sa mère qui a l'air songeur. Elle fait un petit sourire à Clo et prend place sur une des chaises que la famille Mistral-Lizée vient de réchauffer. Vraisemblablement, eux aussi ont été convoqués au sujet de l'hystérie de l'heure.

7

Scène de crime numéro 3

Clo est restée très silencieuse depuis la rencontre avec le directeur, et même avec Renard. Ce dernier respecte son silence. Il se contente de lire à ses côtés et de lui montrer, de temps en temps, des images d'insectes – même s'il sait qu'elle ne fera que sourire. Il se dit que c'est mieux que rien. Elle ne partage pas tout le temps la passion encyclopédique de son ami. Clo lui dit, parfois, qu'un jour il faudra sûrement lui greffer un deuxième cerveau s'il veut continuer à emmagasiner continuellement de l'information.

Pour l'instant, c'est constamment le silence à la Tanière des cerveaux de course, en marchant vers l'école, à la récréation, à la cafétéria ainsi que dans le corridor en se rendant en classe.

Renard et Clo détestent le cours de musique. En fait, ce qu'ils n'aiment pas, c'est de jouer de la flûte à bec. Renard dit que le fait d'enseigner la flûte est une forme de torture pour les élèves. Il se demande souvent à quoi peut bien servir de savoir jouer de la flûte à bec alors que ses groupes préférés, actuellement, sont Billy Talent et Les Trois Accords...

– Pour devenir de bons musiciens, il faut d'abord connaître la base!

– Et la base, c'est la flûte à bec?

– Prends ta flûte, Maxime, et essaie de suivre le groupe…

Pourtant, il a souvent entendu son père dire qu'il a détesté la musique enseignée à l'école, surtout la flûte à bec, ce qu'il ne l'a pas empêché de devenir musicien. Bon, Renard a sûrement un préjugé envers la flûte à bec à cause des dires de son père, mais il n'aime pas ça quand même. Puis, malgré son intérêt marqué pour la musique, il n'aspire pas nécessairement à devenir musicien professionnel. Surtout que c'est ce qui, selon les dires de sa mère, lui a enlevé son père. Le dernier album de Billy Talent reçu hier par la poste, de son père en tournée aux États-Unis, fait que les questions sur le sujet envahissent la tête de Renard et rendent le professeur de musique pas mal moins intéressant aujourd'hui.

Renard voit rarement son père et son absence le rend souvent triste, même si ce dernier lui ramène toujours des tonnes de cadeaux lorsqu'il lui rend visite. Le dernier cadeau qu'il lui a fait est une superbe guitare Fender Jazzmaster 1972 avec un amplificateur Fender Vibroverb à lampes.

La fois où il a reçu ce merveilleux cadeau, son père et lui ont écouté de la musique ensemble en mangeant des chips au ketchup et en buvant du Coca-Cola. Son père lui a fait écouter sa chanson favorite du groupe The Cure, *A Forest*, et Renard a trouvé le vidéoclip sur YouTube. Il a d'ailleurs remarqué que le chanteur, Robert Smith, jouait avec une Jazzmaster, ce qui rendait le cadeau de son père encore plus *hot*. Alors, pas besoin de dire que, ce jour-là, il se sentait bien loin de la flûte à bec.

Toujours dans la classe de musique, Clo, dans la lune, est nostalgique elle aussi. Elle repense au jour où le deuxième étage de la maison qu'ils habitaient s'est, en partie, envolé. Lorsque la petite famille était aux funérailles de la grand-mère, il s'est passé quelque chose d'étrange. L'étage où sa grand-mère vivait s'est effondré, pour ne pas dire volatilisé. Il n'est resté de la maison que l'étage du bas. Quelle mauvaise surprise ont-ils eu elle et ses parents au retour du complexe funéraire, en voyant leur maison sciée en deux horizontalement...

En y repensant, elle se sent de nouveau triste. Elle se sent comme lorsqu'elle était aux funérailles et qu'elle pleurait le fait qu'elle n'avait pu retourner voir grand-mère Marie-Ange avant qu'elle meure. Sa grand-mère était pourtant seulement en haut. Clo maudissait les lieux, elle aurait voulu être là, au même endroit. Elle aurait peut-être pu la sauver?

La situation actuelle avec les élèves qui ne la lâchent pas d'un poil et qui l'insultent n'arrange en rien sa mélancolie. Surtout qu'elle a essayé de ne pas se rendre à l'école aujourd'hui en prétextant des maux de ventre. Comme elle n'est vraiment pas une bonne menteuse, elle s'est trompée dans ses symptômes ressentis. Entre la discussion avec sa mère et celle avec son père, son histoire avait trop changé. Ils ont aussitôt vu la supercherie.

Au fond de la classe, elle pleure en silence, les yeux fermés, la tête appuyée sur son pupitre. Elle se sent mal partout dans son corps comme si elle allait s'évanouir et entend un son perçant très fort dans sa tête.

Finalement, peut-être que ses parents auraient dû la garder à la maison?

Des cris de toutes parts et un son très sourd venant du devant de la classe la font sursauter. En ouvrant les yeux, Clo voit une épaisse poussière retomber. Tout est défait autour d'elle! Encore une fois, les élèves sont paniqués.

– Vite les enfants, tout le monde en dehors de la classe!

– C'est encore elle… J'en suis sûre!

– Ma mère a raison lorsqu'elle dit que la folle à Cloé est dangereuse.

Les professeurs courent dans tous les sens en disant aux élèves de sortir de l'école calmement.

– Allez, ramasse tes trucs, Clo. Allons en lieu sûr.

– Non, Renard, je vais chez moi.

– D'accord, répond Renard, inquiet. On se voit plus tard?

– Oui, passe chez moi après le souper.

Pendant que Clo fuit par la porte de secours arrière, les autres élèves sont dirigés vers les portes principales, là où ils sont placés en rangs. Seuls les élèves ayant subi le cataclysme sont effrayés. Les autres sautent de joie et voient là une façon de retourner à la maison plus rapidement. À travers les cris de joie s'élèvent quelques voix accusatrices.

– Fox et Mistral ont encore disparu.

– On viendra dire encore qu'ils n'ont rien à voir avec tout ça…

– Chut! Camille arrive.

À l'intérieur, le directeur, planté devant le désastre, commente la situation au concierge de l'école.

– Que va-t-on faire? L'école tombe en ruines! Il va falloir aller au conseil d'établissement, peut-être même à la commission scolaire… Pour l'instant, on va appeler la police et les pompiers. Ça commence à être grave… Vite, le 9-1-1.

– Ce n'est pas le jeune Fox, là, au fond? Ne touche à rien, le jeune!

– Maxime! Sors de là et rejoins les autres dehors!

Renard n'a pas l'intention de

rejoindre les autres élèves. Il quitte lui aussi par la porte arrière. Il s'en va dans la Tanière des cerveaux de course.

8

Bestioles, vous dites?

Ce soir, après le souper, des parents sont venus rassurer Clo et sa famille. Ils les réconfortent sur le fait que ce ne sont que quelques parents en délire qui s'imaginent que de telles catastrophes peuvent venir d'une petite fille. Ils viennent aussi dire à la mère et au père de Clo qu'ils vont remettre une pétition à la direction de l'école, signés par de nombreux parents, afin de garder Cloé à l'école.

Tous rigolent sur le sujet en disant qu'ils espèrent que la nouvelle ne se répandra pas trop, question de ne pas nuire à la réputation de la petite ville. Tous s'entendent par contre sur une chose : il faudra demander à ce que les fondations de l'école soient vérifiées, car la plupart d'entre eux commencent à trouver les lieux moins sûrs pour leurs enfants.

Pendant que ça grouille en bas, dans le salon, Clo est seule dans sa chambre et regarde un film sur le mini DVD portatif. C'est d'ailleurs ce qu'elle fait depuis qu'elle est revenue en courant de l'école. Elle tente de se changer les idées, car elle se sent bizarre et n'arrive pas à comprendre pourquoi.

– Tu es fatiguée, princesse. Tout

ça te… avait commencé son père après le souper.

Il avait ensuite pris une grande respiration et avait repris :

– Va te reposer dans ta chambre. Demain, je retournerai voir le directeur... Promis.

C'est ce qu'elle fait : elle se repose en visionnant un film. Ce genre de repos, de tranquillité, lui fait penser à quand la famille part en vacances l'été chez son grand-père Antoine en Abitibi. Comme la route est longue, ses parents ont acheté ce petit lecteur avec écran. Grand-père Antoine lui fait régulièrement découvrir de vieux films et des classiques du cinéma.

Quand ils habitaient à Rimouski et que sa grand-mère Marie-Ange était encore en vie, toutes les deux, elles aimaient regarder un bon film écrasées sur le sofa avec une doudou et du sucre à la crème. En fait, chaque fois que Clo recevait un nouveau DVD par la poste, à Noël, à sa fête ou qu'elle revenait de l'Abitibi, sa grand-mère et elle s'empressaient de fixer un jour de visionnement.

Toutes les occasions sont bonnes pour que grand-papa Antoine lui offre un film en DVD pour sa collection. Elle commence à en avoir plusieurs même, dans la bibliothèque du sous-sol.

Ce soir, elle visionne le dernier film qu'il lui a offert pour ses bonnes notes dans son bulletin scolaire, *Capitaine Sky et le Monde de demain*. Ce film a tout pour lui plaire :

un mélange de cinéma classique, de bande dessinée, de super-héros et de technologie. Ce soir, le film lui fait penser à son grand-père Antoine et à sa grand-mère Marie-Ange aussi. Elle se sent beaucoup plus calme. On peut même dire qu'elle est totalement calme, une première depuis plusieurs jours.

Après que Renard soit entré en douce dans la maison et qu'il ait évité le regard des nombreux parents rassemblés pour l'occasion dans le salon, il monte les marches sur la pointe des pieds afin de se glisser tout aussi discrètement dans la chambre de son inséparable amie.

– Cloé, Cloé! J'ai trouvé! crie-t-il en faisant sursauter son amie.

– Tu vas me faire mourir, Maxime Fox Junior… Je regarde un film, tranquille.

– Tu as vu qu'il manque un bout de tapis sur la douzième marche?

– Tu es venu pour me dire ça?

– Non, non, c'est simplement que je ne l'avais jamais remarqué. Si c'était déjà fait, je ne l'avais pas vu avant ce soir…

– J'espère… Alors, qu'est-ce que tu disais?

– Eh! C'est *Capitaine Sky et*…

– Renard!

– J'ai trouvé! Regarde, c'est dans ce livre! Les bestioles sont des mites! Regarde! On dit que c'est le *nom* donné à divers insectes qui rongent les tissus, la laine, la fourrure, etc. Tu vois l'image?

– Eeeuuuuhhh, oui...

– C'est ça que j'ai vu de très près dans mon microscope!

– Des bestioles? Mais de quoi tu parles, Renard?

– Oui, oui, ce sont bien des mites!

– Je ne comprends rien! Tu t'intéresses aux bestioles? Je ne pense pas que c'est le moment, là, Renard...

– Je te dis que c'est ça... Ça explique tout! Les gens vont te laisser tranquille maintenant. Quand ils vont apprendre que ce n'est pas toi qui fais tout ça...

– Bien sûr que je n'ai rien à voir avec tout ce qui arrive de bizarre. Je ne suis pas une sorcière, quand même…

– Écoute! J'ai aussi trouvé ça sur internet : *Les mites ont souvent des antennes d'apparence duveteuse. À part quelques exceptions diurnes vivement colorées, la plupart sont nocturnes et ont des nuances brunes et ternes. Si elles semblent attirées par la lumière, c'est parce que le mouvement de l'aile située du côté frappé par la lumière est réduit, ce qui les oblige à tourner dans cette direction. On connaît plus de treize mille espèces de mites.*

– Mais quel est le rapport entre les mites et tout ce qui s'est passé? Je suis contente que tu aies fait une belle découverte sur les bestioles, mais ça ne nous avance pas plus…

– Ces bestioles-là peuvent tout dévorer… Même percer des trous dans les chandails…

– Et puis, est-ce que ça dit qu'ils peuvent dévorer une classe ou des décors de théâtre, ces machins-là?

– Ouin, quelque chose ne va pas. Ce n'est pas logique, en tout cas pas avec ce que j'ai lu…

– Calme-toi, Renard… Tu parles tellement vite que je n'arrive pas à te suivre. De quoi tu parles?

– Les mites ne sont pas suppo-sées détruire autre chose que les tissus et autres trucs pas trop solides.

– C'est ce que je disais… Je ne crois pas, Renard, que ces petites bébites puissent démolir une classe!

– Bien, non, ce n'est pas écrit dans le livre, en tout cas, mais… C'est peut-être une sorte nouvelle. Genre, peut-être mutante ou… ou comme dans *Capitaine Sky et…*

– Bon là, Renard, c'est n'importe quoi, il me semble…

– OK, ce n'est peut-être pas ça… Mais quand même…

– Renard, tu es super intelligent, mais là, c'est un peu n'importe quoi ton affaire!

– Clo, je suis sûr qu'on est sur une bonne piste.

– Mont-Joli serait envahie par une épidémie de mites dévastatrices mutantes et on serait les seuls à le savoir?

– Peut-être que oui…

– Puis comment tu as trouvé ça?

– Après ce qui s'est passé dans la classe de musique, tu es partie. Je suis resté jusqu'à ce que le directeur fasse évacuer l'école, moi compris. Mais j'ai eu le temps de prendre quelques échantillons de différents trucs…

– Tu regardes trop de séries policières et de films de super-héros…

– J'ai enfin la preuve que je ne perds pas mon temps devant la télé et à lire des tonnes de briques.

– Pour la télévision, je ne crois pas que ça convaincra ta mère!

– Ce n'est pas de ça qu'on parle de toute façon.

– Ah oui, les mites!

– Oui, c'est ça… Les choses qui disparaissent ont été rongées par les mites.

Renard essaie d'expliquer, du mieux qu'il le peut, l'étendue de ses découvertes à Clo. Mais ce qu'il dit est boiteux et surtout improbable.

– Je sais que c'est difficile à croire, mais je sais que je suis sur la bonne piste. Ce qui voudrait dire que c'est juste un problème de mites qui rongent l'école…

– Ouffff! Tout ça me donne soif, pas toi? On va continuer après…

– Oui, tu as raison. On cherchera dans internet aussi. Après, on descend au sous-sol, si tu veux.

– Allons voir ce qu'il y a dans le frigo, Renard!

– D'accord!

Les parents sont presque tous partis. Il ne reste que la mère de Renard – qui exprime rapidement sa grande surprise de voir que son fils est là – et la voisine, la mère de Cassandre-Élina qui vient tout juste de se joindre à eux. Cette dernière ne semble pas au courant de la réunion secrète à l'école. La mère de Clo s'active à lui raconter pourquoi les gens se sont réunis ce soir.

– Les parents, le directeur et des personnes de la commission scolaire sont réunis à l'école afin de supposément « régler ce dossier », précise la mère de Clo sur un air découragé.

– J'espère qu'ils ne feront pas de bêtises. Surtout s'ils pensent que c'est une question de paranormal, on peut s'attendre à n'importe quoi! réplique la mère de Cassandre-Élina avant que les adultes se mettent à rire.

Renard et Clo écoutent les parents expliquer le but de la rencontre de ce soir. Clo en a assez de cette histoire ridicule.

– La mère de Jonathan doit sûrement y être… dit Clo, tout

aussi découragée que sa mère, en regardant son ami.

– Sûrement, c'est elle qui a commencé! réplique Renard.

– Je monte t'attendre dans ma chambre, Renard!

– Oui Clo, je te rejoins, je passe à l'ordi en bas, pas longtemps.

Même si sa meilleure amie ne semble pas trop croire à toutes ses histoires loufoques sur les trouvailles qu'il a faites, Renard, lui, continue de penser qu'il trouvera bientôt des explications à tout cela. Les neurones s'activent dans son cerveau, « on peut presque les entendre », comme dit souvent sa mère. En arrivant à l'ordinateur du sous-sol, Renard se met à se parler tout seul.

– Vite, Renard, réfléchis, réfléchis bien et rapidement… Bon, Google… Oui, c'est ça… Vas-y.

Sur les sites internet qu'il a l'habitude de visiter et qui parlent d'insectes, il ne trouve rien de plus que ce qu'il sait déjà sur les mites. Un livre acheté plus tôt dans l'année chez le Hibou lui en a assez appris.

– Non, Renard, il faut que tu fasses une recherche par mots-clés. Mais quoi? Eeeeuuuuuhhh, OK, *mites*, *catastrophes*, *ruines*… Ah, oui! La mère de Cassandre-Élina a parlé tantôt de… de… de… « pa-ra-nor-mal », c'est ça!

En continuant sa recherche dans internet, il se trompe et entre des mots-clés dans Google images au lieu de Google web. Quant à y être, Renard furète sur les premières pages de la série d'images trouvées, comme s'il savait qu'il trouverait. Et il trouve. Ce qu'il a devant lui le sidère, il comprend avec la légende sous l'image toute la gravité de la situation. Et même s'il ne prend pas le temps de lire au complet la page sur laquelle se trouve cette fameuse image qui lève le voile sur tout, il monte chercher Clo, à toute vitesse.

Le temps de quitter le sous-sol, de mettre son verre vide sur le comptoir de la cuisine, de remercier les parents, de monter à la chambre et son amie a disparu. Envolée. Renard se retourne vers la table de nuit et s'aperçoit qu'il s'est presque écoulé une heure depuis qu'il est descendu au sous-sol. Il l'a laissée seule tellement longtemps qu'elle a dû se tanner et faire autre chose. Mais quoi?

En tournant la tête, en cherchant des yeux quelques indices, il remarque finalement que la fenêtre est grande ouverte.

Mais où peut bien être partie Clo? Le fin Renard comprend alors rapidement que Clo est partie à l'école, sûrement pour entendre ce qui y sera dit. Il sort donc lui aussi par la fenêtre, saute du petit toit jusqu'au toit du garage, là où une échelle permet de descendre facilement. Ce n'est pas la première fois que les deux amis se servent de cette sortie d'urgence. Il faut dire que la distance très réduite entre le toit de la maison et celui du garage rend le tout plutôt aisé.

Renard court le plus rapidement qu'il le peut. Ce qui est très rapide, car il est bon coureur. Le meilleur de l'école, même si ses collègues sportifs ne le reconnaissent pas. Comme il n'est pas bon dans les autres sports, surtout parce qu'il ne s'y intéresse pas, on ne l'accepte guère dans la communauté sportive de l'école. Renard, le coureur solitaire.

En arrivant dans l'école, Renard a soudain extrêmement peur. Une présence diabolique lui fiche une trouille terrible. Surtout qu'il sait maintenant ce que c'est. Du moins, il s'en doute fortement. Et le fait de savoir lui donne une frousse immense.

Il cherche Clo en courant partout dans l'école, mais il comprend, somme toute, que les parents doivent s'être réunis là où tout a commencé.

Effectivement, la rencontre se tient dans l'auditorium. Des voix s'élèvent de l'endroit. Puis Renard se dit que Clo doit sûrement espionner le tout à partir des coulisses. Il entre donc sournoisement par l'arrière et, silencieusement, cherche Clo. À son grand désarroi, il ne la trouve ni côté cour, ni côté jardin, ni dans les coulisses arrière et ni dans la loge. Tout à coup, Renard pense à la régie, tout en haut derrière la salle, là où sont les projecteurs et les divers instruments d'éclairage. Cette meilleure place pour observer en cachette a dû attirer son amie.

Les voix s'élèvent de plus en plus. Il est question de faire expulser Clo et sa famille de la ville.

– Il faut chasser les sorciers de la place!

– On ne veut plus d'eux ici.

– On utilisera la force, s'il le faut…

– Mesdames, messieurs, chers amis, calmez-vous.

– On a fini de nous calmer! Là, on va agir, que vous soyez d'accord ou non…

Renard court vers la régie, par le long corridor, monte les marches presque quatre par quatre. Il les monterait douze par douze s'il le pouvait. Dans une forme digne d'un olympien, il gravit les quarante-huit marches en un rien de temps. C'est en arrivant dans la pièce que Renard comprend ce qui s'est déjà passé à l'école les autres jours et ce qui va maintenant se passer sous ses yeux. Ce qu'il voit devant lui est surréaliste. Le genre de choses qu'il n'est possible de voir que dans les films. Il ne peut pas croire ce qu'il voit devant lui. Une armée des ténèbres se lève.

9

La princesse des mites

Ce qui se passe sous les yeux de Renard est incroyable et terrifiant. Un nuage de mites se tient là, tel un mur semi-opaque que l'on n'oserait pas traverser. On pourrait dire que ce nuage arrive à prendre une forme presque humaine. L'air est quasi irrespirable. Renard a peur d'avancer tellement il est sidéré par ce qu'il voit devant lui.

Même s'il commande à ses jambes d'avancer, rien ne bouge, il est comme cloué au sol. Planté là, immobile, comme si une colle super puissante avait été versée juste là où il se tient. Sa bouche aussi a peine à s'ouvrir, de peur que les mots qui pourraient s'en échapper lancent les mites sur celui qui les aurait prononcés.

Clo se tient au centre de la pièce, assise, les genoux repliés sur elle, les avant-bras appuyés dessus et la tête enfouie dedans. Elle pleure à chaudes larmes. Elle a tout entendu de la réunion.

Les mites l'entourent. Elles se tiennent là, comme si elles attendaient un signal pour passer à l'attaque. Deux grandes formes entourent Clo, les mites se dressent en cercle autour d'elle.

Renard prend tout ce qu'il a de courage en lui et s'avance dans la pièce, comme on sort d'un repaire, en criant :

– Non, Clo, ne fais pas ça! Ne pleure pas! Il ne faut surtout pas pleurer… Les mites! Elles vont tout démolir et les gens vont mourir!

Clo lève la tête, les larmes descendent en trombe sur ses joues. Elle aperçoit Renard qui accourt, affolé. Elle esquisse un sourire, heureuse de voir son ami arriver. Le nuage survole le plancher autour d'elle et disparaît dans un tremblement et une force surnaturelle. Renard est projeté vers l'arrière par la force de l'explosion. Le bruit est si fort que Renard, pensant que l'école s'effondre, se précipite sous l'arche de la porte.

Tout est défait autour de Clo, dans un rayon de trois ou quatre mètres. Mais la bâtisse semble vouloir tenir le coup, même s'il n'y a que le plancher qui tient. Rien ne leur tombe sur la tête.

Le mur qui sépare la régie et la salle n'est plus là, totalement disparu. Les parents dans la salle sont stupéfaits du drame. Ils se sauvent rapidement en hurlant et en montrant Clo du doigt.

La pauvre Clo est terrifiée. Renard la prend dans ses bras et la serre fort contre lui. Elle le regarde et lui sourit, comme s'il venait de la sauver sans qu'elle sache vraiment comment.

– Que s'est-il passé, Renard. Qu'est-ce qui m'arrive?

– Non, ne pleure pas... Ce sont les mites, Clo, ce sont les mites! Elles attaquent quand tu es triste!

– Qu'est-ce que tu dis?

– Les mites, Clo…

– J'ai tellement peur! Qu'est-ce que j'ai de pas normal?

– Moi aussi Clo, j'ai vraiment la trouille.

– Explique-moi ce qui m'arrive!

– Les mites! Ce sont elles qui démolissent tout. Quand tu es triste, elles saccagent les choses qui ont un lien avec les personnes qui te rendent triste. Mais, le pire, c'est qu'elles dévastent tout lorsque tu pleures. Comme si elles ne pouvaient endurer de te voir pleurer!

– C'est ridicule. Je ne comprends pas… Je…

– Je sais, c'est incroyable… Mais si tu savais ce que j'ai trouvé et lu sur tout ça…

– Il va falloir tout me raconter alors, car je suis perdue pas mal, là!

– Tu sais, les drôles de boules blanches qui faisaient que ton linge puait avant, ce sont en fait des boules à mites. Tu sais, ta grand-mère te protégeait en en mettant partout dans ta chambre. Puis, le pendentif, je l'ai vu sur un site internet traitant des Incas… Tu ne m'as pas dit que ta grand-mère a beaucoup voyagé?

– Oui… Et qu'est-ce qu'on en dit?

– Bien, ça représente deux soldats-mites autour d'une couronne, gravé sur un cœur brisé par le tonnerre!

– Et qu'est-ce que ça veut dire, Renard?

– Que celle qui le porte devient… la princesse des mites.

– Mais…

– Les mites obéissent à tes émotions, essentiellement celles reliées à ta tristesse. Et on ne sait pas jusqu'où tu peux contrôler leur soif de destruction. Ça expliquerait pourquoi tu ne restes pas longtemps étonnée des catastrophes…

– Je me souviens… Grand-mère me disait toujours en souriant que lorsqu'elle se sentait tristounette, « son cœur était comme rongé par les mites ».

— Voilà! C'est ce qui a fait tomber le deuxième étage de votre autre maison.

— Et c'est dans les décombres que j'ai retrouvé le pendentif…

— Il a trouvé un nouveau porteur.

— C'est n'importe quoi, Renard. Regarde, je pleure et il ne se passe rien.

— En effet, c'est étrange.

— Je ne veux pas que ça soit vrai, tout ça…C'est ta théorie qui est étrange!

— Pas tant que ça… dit-il en

regardant autour de lui totalement effrayé.

– Je trouve ça triste maintenant que je sais, Renard. Je sais pourquoi maintenant… Je sais pourquoi… Je suis un monstre…

– Tu dois sourire dorénavant Clo, tu dois sourire, tu dois… Nooooooooooooooon.

Mêlé avec les autres cris d'horreur venant de la salle, le cri de Renard se perd en tombant dans les décombres.

Le silence qui allait suivre durera-t-il vraiment?

Table des matières

Trois-Rivières, décembre 2008 –
Lac Sandy, août 2009

Déjà disponible en librairie :
Au pays des mouches - Tome 2

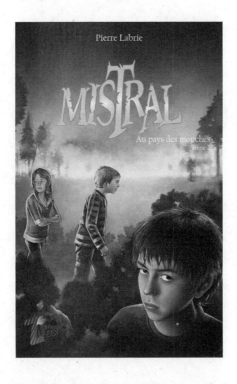

Mot de l'auteur

Il y a longtemps que je voulais écrire une histoire qui se passerait dans ma ville natale. En fait, Mont-Joli a été le premier vrai terrain de jeu de mon imaginaire. Avec mes amis de l'époque, nous inventions plein d'aventures dans les quartiers de la ville, construisions d'énormes châteaux de neige l'hiver et en carton l'été, et élucidions de nombreux mystères allégoriques.

Après avoir écrit plusieurs livres pour les adultes, voilà qu'enfin l'idée de Mistral est apparue…

Merci Jessie, Isabelle, Karine, Michel, Nadine, Amy et Karen.

Merci Bryan, Sylvain, Sylvie-Catherine et Corinne.

Pierre

L'auteur

Pierre Labrie a décidé d'adopter la Terre en naissant à Mont-Joli, le 23 avril 1972. Après avoir étudié à la polyvalente Le Mistral, le vent le poussa jusqu'à Rimouski où il fit des études en génie civil au cégep de l'endroit. Une bourrasque associée à sa passion première, la musique, lui fit changer de cap. Tout en parcourant les scènes du Québec, en tant que bassiste et guitariste au sein de différents groupes rock, il étudia en Lettres et langues, toujours au cégep de Rimouski, avant de quitter la ville des grands vents pour Trois-Rivières afin de poursuivre des études universitaires en littérature. Il habite dans la capitale de la poésie depuis maintenant quinze ans, mais revient souvent sur la terre de ses premiers pas.

Pierre Labrie adore la musique (rock, punk, métal, jazz et techno), les livres, le cinéma, l'art actuel et il aime nourrir les extraterrestres réfugiés sur terre qu'il cache dans son placard. Pierre Labrie rit tous les jours.